AF363999

VENTE

*du Mardi 20 Juin 1905*

HOTEL DROUOT, SALLE N° 11

A 2 HEURES

## Collection de M<sup>me</sup> X...

# BELLES

# Dentelles & Guipures

## Anciennes

### CACHEMIRES

M° LAIR-DUBREUIL, Commissaire-Priseur

M. R. BLÉE, Expert

# CATALOGUE

DES

## Belles

# DENTELLES ET GUIPURES

## *ANCIENNES*

### Venise, Milan, Gênes, Valenciennes,
### Bruxelles, Flandres, Angleterre, Chantilly

### ALENÇON, ARGENTAN

## CACHEMIRES

*composant la Collection de M*<sup>me</sup> *X...*

et dont la VENTE aura lieu

# HOTEL DROUOT — SALLE N° 11

## Le Mardi 20 Juin 1905

A 2 HEURES

---

**M<sup>e</sup> LAIR DUBREUIL** | **M. R. BLÉE**
COMMISSAIRE PRISEUR | EXPERT
6 — *Rue de Hanovre* — 6 | 56 — *Rue Laffitte* — 56

Chez lesquels se distribue le présent catalogue

---

## EXPOSITION PUBLIQUE

Le Lundi 19 Juin 1905, de 2 heures à 6 heures

# CONDITIONS DE LA VENTE

---

Elle sera faite au comptant.

Les acquéreurs paieront *dix pour cent* en sus des enchères.

L'exposition mettant le public à même de se rendre compte de l'état des objets, il ne sera admis aucune réclamation une fois l'adjudication prononcée.

PARIS. — IMP. C. CHAUFOUR, 8 & 10, RUE MILTON

# DÉSIGNATION

## DENTELLES, GUIPURES BLANCHES

### Point de Gênes, Milan, Flandres

1. — Fichu en vieux point de Milan.

2 — Beau volant en vieux point de Milan (2 m. 40).

Haut.: 0$^m$.165.

3 — Volant en vieux point de Milan (3 m. 03).

Haut.: 0$^m$30.

4 — Volant en vieux point de Milan (3 m. 73).

Haut.: 0$^m$16.

5 — Volant en vieux point de Milan (4 m. 40).

Haut.: 0$^m$17.

6 — Volant en vieux point de Milan (3 m. 50).

Haut.: 0$^m$17.

7 — Volant de vieux Milan (3 m. 15).

Haut.: 0<sup>m</sup>195

8 — Volant de vieux Milan (5 m.).

Haut.: 0<sup>m</sup>32.

9 — Volant de vieux Milan (3 m. 73).

Haut.: 0<sup>m</sup>16.

10 — Volant de vieux Milan (3 m. 60).

11 — Volant de vieux Milan (3 m. 06).

Haut. : 0<sup>m</sup>03.

12 — Volant de vieux Gênes (1 m. 30).

13 — Volant de vieux Gênes (2 m.).

14 — Volant de vieux Gênes (1 m. 50).

15 — Volant de vieux Gênes (2 m. 15).

Haut.: 0<sup>m</sup>03.

16 — Volant de vieux Gênes (6 m. 40).

Haut.: 0<sup>m</sup>08

17 — Volant de vieux Gênes (3 m. 26).

Haut. : 0<sup>m</sup>37.

18 — Volant de vieux Gênes (3 m. 25).

19 — Volant vieux Gênes (3 m. 30).

Haut : 0<sup>m</sup>06

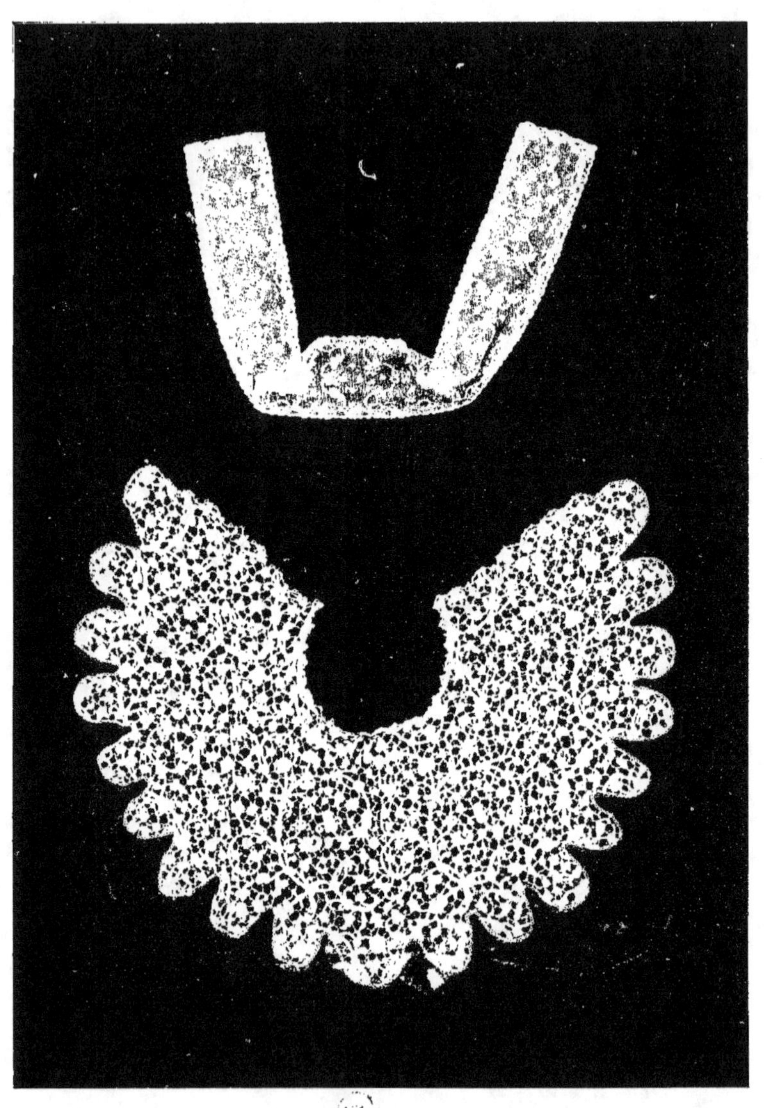

N° 79
N° 39

2 ) — Entre-deux en vieux Flandres (2 m. 75 .

2 1 — Col en vieux Flandres.

22 — Fond de bonnet en vieux Flandres.

23 — Losange en vieux Flandres.

24 — Carré en vieux Flandres.

25 — Tunique en vieux Flandres (2 m. 46 .

26 — Volant en vieux Flandres (3 m.).

27 — Col et 2 garnitures de manches en vieux Binche.

28 — Volant de vieux Flandres (1 m. 65 .

Haut.: 0m05.

## VENISE

29 — Ancienne dentelle de Venise (1 m. 50).

30 — Ancienne grosse guipure de Venise (2 m. 70).

Haut.: 0m15.

31 — Entre-deux en vieux Venise (1 m. 64.

Haut : 0m10.

32 — Entre-deux en vieille guipure de Venise (6 m. 75).

Haut.: 0m06.

33 — Dentelle ancienne de Venise (5 m. 20).

Haut. : 0ᵐ07.

34 — Dentelle ancienne de Venise (3 m. 10).

Haut.: 0ᵐ11.

35 — Ovale en vieux Venise.

36 — Vieux point de Venise à la rose (1 m. 15).

H. 0ᵐ09.

37 — Deux manches en vieux point de Venise à la rose (1 m. 08).

38 — Très belle barbe et une bande en vieux point de Venise à la rose.

39 — Deux cols et manches en vieux point de Venise à la rose.

40 — Très beau volant de vieux Venise. (1 m. 50).

41 — Volant en point d'Espagne.


## Point d'Alençon


42 — Ancienne dentelle d'Alençon (2 m. 40).

Haut. 0ᵐ05.

43 — Petite dentelle ancienne d'Alençon (3 m. 90).

Haut. 0ᵐ04.

44 — Petite dentelle ancienne d'Alençon (2 m. 20).

Haut. 0ᵐ10.

45 — Quatre coupes de dentelle d'Alençon de l'Impératrice (6 m. 28).

Haut. 0ᵐ07 3/4.

46 — Deux coupes de dentelle ancienne d'Alençon.

47 — Rabat en vieux point d'Alençon.

48 — Très belle dentelle ancienne d'Alençon (2 m. 77).

Haut. 0ᵐ15.

49 — Dentelle ancienne d'Alençon (1 m. 55).

Haut. 0ᵐ08.

50 — Dentelle ancienne d'Alençon (1 m. 60).

Haut. 0ᵐ09.

51 — Beau jabot en vieil Alençon.

52 — Dentelle ancienne d'Alençon (2 m. 50).

Haut. 0ᵐ09.

53 — Belle dentelle ancienne d'Alençon (3 m. 40).

Haut. 0ᵐ10.

54 — Dentelle ancienne d'Alençon (1 m. 80).

Haut. 0ᵐ07.

55 — Beau voile en vieil Alençon.

56 — Deux manches en vieil Alençon.

57 — Trois coupes de dentelle ancienne d'Alençon
(3 m. 20).

58 — Parure de corsage en vieil Alençon.

## Application de Bruxelles

59 — Berthe en ancienne application.

60 — Col en ancienne application.

61 — Treize coupes de dentelle ancienne application (17 m. 30).

Sera divisé

62 — Bonnet en ancienne application.

## Point d'Angleterre

63 — Trois coupes de dentelle ancienne point d'Angleterre (6 m. 20).

Haut. 0m.05 et 0m.10.

64 — Beau mouchoir garni de vieux point d'Angleterre.

65 — Col et deux parements de manches en vieux
point d'Angleterre.

66 — Barbe en vieux point d'Angleterre.

67 — Col en vieux point d'Angleterre.

68 — Belle barbe en vieux point d'Angleterre.


## Duchesse, Malines et Chantilly blanc

69 — Ancienne dentelle Duchesse (1 m. 65).

70 — Col et coiffure en vieille dentelle de Malines.

71 — Deux coupes d'ancienne dentelle de Malines
(1 m. 14).

72 — Deux coupes de dentelle ancienne de Malines
(6 m. 15).

Haut. 0m11.

73 — Deux coupes de Chantilly blanc (9 m. 65).

Haut. 0m07 et 0m10.


## Valenciennes

74 — Quatre coupes de petite dentelle ancienne de
Valenciennes.

75 — Sept coupes de dentelle ancienne de Valenciennes (15 m 78).

76 — Deux cols en vieux Valenciennes.

77 — Bonnet en vieux Valenciennes.

78 — Entourage de col et fond de coiffure en vieux Valenciennes.

## Point d'Argentan

79 — Jolie barbe en vieux point d'Argentan.

80 — Dentelle vieil Argentan (2 m. 18).

H. 0$^m$07.

81 — Col et deux parements de manches en vieux point d'Argentan.

82 — Engageante en vieux point d'Argentan.

## Point à l'aiguille

83 — Parure de corsage en vieux point à l'aiguille.

84 — Garniture en vieux point à l'aiguille.

85 — Dentelle en vieux point à l'aiguille et entredeux (1 m. 75, 0 m. 88).

H. 0$^m$025 et 0$^m$06.

86 — Col et deux poignets vieux point à l'aiguille.

87 — Deux cols en vieux point à l'aiguille.

88 — Un col et cravate en vieux point à l'aiguille.

89 — Un col et deux manches en vieux point à l'aiguille.

90 — Deux modesties en vieux point à l'aiguille.

## Mouchoirs

91 — Douze beaux mouchoirs garnis de dentelles :
Brabant, Bruxelles, Angleterre, Valenciennes et
brodés.
Sera divisé.

## Chantilly

92 — Belle jupe à grands bouquets et ramages en
Chantilly noir.

93 — Beau fichu en Chantilly noir.

94 — Deux belles barbes en Chantilly noir.

95 — Deux voilettes en vieux Chantilly.

96 — Beau volant de Chantilly. (6 m. 25).

97 — Autre volant de Chantilly.

98 — Sous ce numéro : Fond de mantelet, 2 fanchons barbe, coiffure, voilettes, (six pièces).
<br>Sera divisé.

99 — Deux voiles en Chantilly.

100 — Cinq coupes de dentelle de Chantilly noir. 10 m. 45.

101 — Pointe à riche décor, Chantilly noir.

102 — Autre points en Chantilly noir.

103 - - Collet en Chantilly noir.

104 — Fond de châle, riche décor Chantilly noir.

## Guipures

105 — Volant de guipure noire. (9 m. 10).

106 — Beau volant de guipure noire. (8 m 80).

107 — Grande rotonte en guipure noire.

108 — Sous ce numéro : Rotonde, burnous, 2 coiffures.
<br>Sera divisé.

109 — Deux coupes de guipure noire. (6 m. 28).

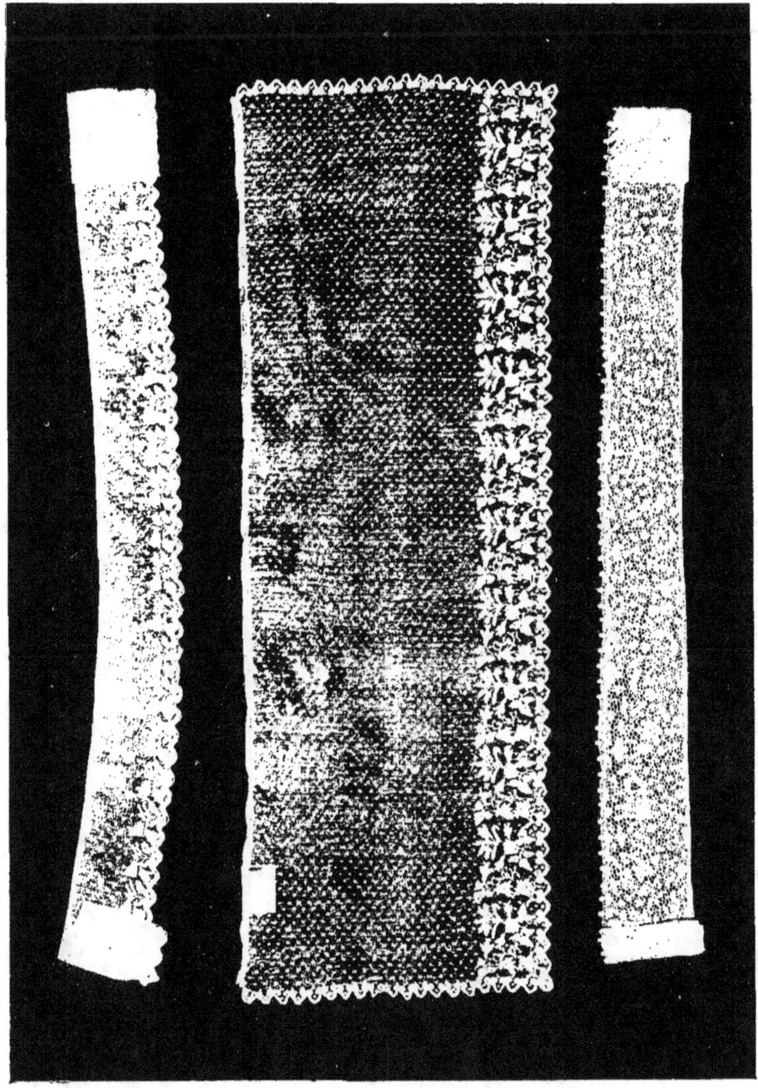

No 52      No 55      No 38

110 — Trois coupes d'entre-deux de guipure noire.
19 m. 80.

111 — Cinq coupes de dentelle de guipure. (15 m.80).

## Dentelle d'or et d'argent

112 — Belle dentelle d'or. 4 m. 50.

Haut. 0m37.

113 — Dentelle d'or en trois coupes.

114 — Pièce de dentelle d'or et soie bleue.

115 — Trois coupes de dentelle d'argent. (9 m. 90).

116 — Deux coupes galons d'argent. (12 m. 20).

117 — Frange d'argent. (2 m. 50.)

118 — Blonde d'argent et une autre haute blonde
d'argent.

119 — Deux garnitures blonde d'argent Empire.

120 — Barbe d'argent. (1 m. 10.)

121 — Dix cachemires de l'Inde à fonds blancs,
rouge, vert, etc.

122 — Toiles brodées des xvᵉ et xvıᵉ siècles. Vingt-cinq pièces environ.

Sera divisé.

123 — Très beau couvre-pied en dentelle ancienne de Venise.

124 — Grand couvre-pied de filet ancien. (Italie xvıᵉ siècle).

125 — Sous ce numéro : Robes et lingerie en mousseline brodées et autres pièces brodées en plumetis. Vingt pièces environ.

Sera divisé.

126 — Objets omis au présent catalogue.